KB041883

강가에 서서 하염없이

최대승 시집 강가에 서서 하염없이

1판 1쇄 펴낸날 2021년 10월 22일
지은이 최대승
발행처 (재)공주문화재단
펴낸이 이재무
책임편집 박은정
편집디자인 민성돈, 장덕진
펴낸곳 (주)천년의시작
등록번호 제301-2012-033호
등록일자 2006년 1월 10일
주소 (03132) 서울시 종로구 삼일대로32길 36 운현신화타워 502호
전화 02-723-8668
팩스 02-723-8630
홈페이지 www.poempoem.com
이메일 poemsijak@hanmail.net

ISBN 978-89-6021-579-5 03810

값 10,000원

강가에 서서 하염없이

최대승

천년의
시 작

가뭇없이
흘러간 날은 흘러간 대로

소리 없이 사라져 간 것은 사라진 대로
놔두기로 한다

두껍게 감싸 놓은 껍질을 벗긴다
산다는 것은 지나가는 것이다

너에게 나는
스쳐 지나가는 바람이어도 좋겠다

2021년 가을
공산성에서

차 례

시인의 말

제1부 공산성 바람 소리

강으로 오시게

찬바람 거두어 간 강으로 오시게
지난밤 내리던 빗물이
강으로 스며
강이 된 강
산 그림자 내려앉는 강으로 오시게
새벽을 깨우고 흐르는 강
뭉게구름 담은 하늘이 되는 강
그대와 나
힘찬 역동으로 흐르지 않겠는가
바이러스 그물망 좁혀 와도
그대와 나
멈춰서는 안 되는 흐름이지 않겠는가
찬바람 거두어 간 강으로 오시게
멈춤 없이 흐르는 강으로 오시게

공산성 바람 소리

눈꽃처럼 벚꽃이 흩날리던 봄부터
하얀 눈이 덮이는 겨울까지
손잡고 거닐던 연인이 있습니다
공산성 성곽길을 도란도란 거닐던 연인이 있습니다
울창한 숲속 산책 길은 도탑고 파랗습니다
간간이 일렁이는 바람 소리
나뭇잎이 떠는 흔들림이 들립니다
누각에 앉아 금강이 흘러가는 소리를 들으며 웃습니다
거기 한 남자가 있습니다
거기 한 여인이 있습니다
강물은 더없이 흐르기만 합니다
여인이 조용히 안겨 옵니다
남자는 모른 척 먼 산을 봅니다
뻥 뚫린 산마루가 보입니다
신바람 난 바람 줄기 하나
금강을 휘돌다 백사장을 파헤칩니다
촉촉한 물기가 배어 옵니다
공북루 강가 풀숲에 앉아
황홀한 노을에 벌겋게 취하고야 맙니다

봄바람

봄이 오면
그녀가 그립다

화사한 개나리로 피었다가
진달래로 피었다가
봉긋한 목련으로 피어나는 그녀가 그립다

그녀는
몸살 나는 속앓이
하얀 벚꽃으로 날리는 춤바람

봄이 오면
환장하게 그녀가 그립다

바람처럼 너에게

청둥오리 물살 가르는 오후
물속을 기웃거리다 날갯짓 홰치는 이유를
본능이라 생각했다

강은 머물 듯 흐른다
너를 담아 두는 나의 그릇은
청둥오리 노니는 강과 다를 바 없으리라

바람인 듯 홀로 걸어도
같이 걷는 거라고 우기는 것은
가당찮은 일임을 나는 안다

이 또한 너에게 주는
달콤함이 아니라
내 안에 녹아드는 꿀물임을 안다

흔들림을 멈추지 않는 갈대처럼
강은 제멋으로 흐르고
너는 나를 흔들리게 한다
한 줄기 바람으로 나는 너에게 간다

너는 씨앗

너는 어디로 튈지 모르는
민들레 씨앗

홀씨 피워 겹꽃 되고
꽃잎 사이사이 너를 품었다

희망은 솜털처럼 가벼워
바람 부는 날이면
멀리멀리 날아간다

강가에 앉아 후 후
너를 불어 본다
강 건너 먼 세상까지 가 보라고

내가 가 보지 못한 세상
너는 꼭 만나 보라고

해 오름

어둠 속으로 걸어가고 있었다
심해 깊숙이 빠져 가는 나를 보았다

눈이 내렸다
하얀 눈이 길을 덮고 지붕을 덮고
나무마다 꽃을 피웠다

털벙거지 쓰고 길을 나선다
여직 떠나지 못하고 있는 둥근달
하루의 끝과 시작을 달려왔으리라

거리는 움츠리고 있다
모자와 마스크 사이 빈 곳을 도발하는 바람
푸르스름 하늘이 열리고
도시가 깨어난다

물안개를 피워 내는 강
떼 지어 헤엄치는 청둥오리 잠을 털어 내고

하늘이 붉어진다
빛이 오른다

붉게 솟아오르는 새 빛

오늘은 오늘의 태양이 떠오르고
하늘은 붉다
어둠을 헤치고
깨어나는 나를 만난다
멈추지 않을 희망을 만난다

오, 솟아오르는 것은 내 자신이었음을!

다시 강국이 되다

521년, 무령왕
고구려를 누차 격파하고 만세에 선언하노니
누파구려 갱위강국累破句麗 更爲强國
마침내 다시 강국이 되도다

굴욕의 날을 강물에 씻었으리라
응어리진 날을 한수漢水에 씻었으리라
부릅뜬 눈은 강으로 산으로 치달았으리라

청운의 땅 웅진熊津
도약의 주춧돌 옹골지게 놓았도다
웅진강은 젖줄로 들어오고
백성은 하나가 되었도다
황토기 나부끼고 청룡 백호 주작 현무
사신四神은 백제를 지키도다

무릇, 1,500년
공산성 성루에 올라 굽어보노라
봉황산 청기淸氣를 보노라
불끈불끈 치솟는 웅진을 보노라

황토 깃발이 펄럭인다
힘찬 강물이 시퍼렇게 달려온다
공산정 누각 청잣빛 신기가 달려온다

무령왕,
다시 백제를 밝히도다

백제금동대향로百濟金銅大香爐

섬세하고 우아하기는 여인의 손길이 아른거리고
우람한 자태는 남정네 거친 숨이 이글거린다

앞발 치세운 용은 연화를 받쳐 들어
승천하는 기상氣像
백제 웅기雄氣 꿈틀대고
천하를 호령하듯 날렵한 기마 산천을 달음 친다
폭포는 바위에 부서져 날리는 생명수
유유히 신선이 산봉우리 넘을 제
첩첩산중 날고 우는 산새 산짐승
산과 계곡을 노니는 백성이요 벗이 아니던가

봉황이 여의주 품고 우렁찬 나래 펼치면
봉우리마다 우러르는 기러기
음률의 악사들
거문고 퉁겨 완함 가락 높아 가고
배소를 감싸는 피리 소리
둥둥 북소리 어우러진다

용오름 비상하는 기백은 온 누리 품도다
진향眞香이 오르면 인과因果는 눅어지고

목탁 소리 커 갈수록 잠 못 드는 백마강
한 알 한 알 염주마다 은빛 비늘 서리노라

올곧은 맥동 육백육십 년
사라질 수 없는 고동 소리
옥토가 토해 내는 사비泗沘의 북소리

풍요의 땅
웅비는 멈출 줄 모르고
뜨거운 혈맥 하늘을 치오르도다

장마, 솔정지

세상을 덮어도 남을 만큼
요술처럼 펼친 나뭇가지 솔잎 사이
아기 주먹보다 큰 솔방울이 툭툭 떨어지고 있었어
허벅지 같은 뿌리가 울퉁불퉁 힘을 주면
땅은 힘을 잃었고
돌 틈을 벌리고 우쭐우쭐 뻗어 갔어
굵어지고 늙어 갈수록 멀리멀리
넓혀 가는 뿌리의 영역,
비가 와도 눈이 와도 어우르는 포부는
산새도 사람도 쉬어 가고 솔솔
바람은 불어 주었어
비바람이 몰아쳐 왔어
몇 날쯤 지나가는 비라고 생각했어
시뻘건 흙탕물이 무자비하게 달려와 뿌리를 흔들었어
움켜쥔 흙도 돌멩이도 내어 줬어
계곡이 아우성치고 바위가 비명을 지르고
흙더미는 집을 삼켜 버렸어
마을이 물속에 잠겨 버렸어
으스스 몸이 떨려 왔어
먹구름이 해를 가둬 버리고 물줄기를 쏟아 냈어
말 잃은 소용돌이

솔방울은 내 것이 아니란 걸 알았어
애지중지 키워 온 것까지 내어 줘야 하는 걸 알았어
물먹은 바람은 산에서 내려오는 거였어
아주 거세게

연꽃 눈을 깨물고 가다

연분홍 붉어질수록 가늘은 핏줄 선명하다
동안인 줄 알았다
그날도 막 태어난 아기 같았다
비가 오는 날이면 빗소리가 좋다 했다
지금은 바람이 분다
그날도 바람이 불었다
뜨거운 연풍이 막 막 불었다
감추어 둔 물방울이
또르르 몸을 뒤튼다
정안천 흐르는 물이 속닥거린다
개구리가 지친 듯 숨어 있다
하지만 보아라
언덕길 늘씬하게 서 있는 메타세쿼이아
멋진 모습이 힘차지 않은가
꽃잎이 떨어진다
뚝뚝 떨어져도 괜찮다
참매미가 울어 주니까
배롱나무 붉은 꽃이 환히 비춰 주니까

정안천 물살이 여린 눈을 깨물고 간다

밤꽃

너는 소식도 없고
끙끙이는 밤 깊어 가고

온 방을 뒤덮어 속절없이 울렁이는
끝없는 침범,
무방비로 두들겨 맞는 몸뚱이 벌겋다
안달의 날이 야단나서
뒤집히는 속내 타들어 가고
혼돈의 몸
밤을 달군다
파랑波浪으로 휘말리는 고혼孤魂의 갈기
분출하는 속정 베갯머리 뜨겁다

엉키는 너의 내음
온몸을 휘감아 가는 환장할 불면이다

밤나무골

천안에서 공주 가는 국도
차령터널을 빠져나오면 정안면正安面

여기부터는 창문을 열고
속도를 줄여야 한다
시원한 내리막길
달리기 좋아도 참아야 한다

하얗게 산을 덮고 오르는 밤나무
후욱 달려오는 아우름
어우러지던 그날을 불러와야 한다

그녀는 분명 잊지 않았을 게다
저수지 둑 패랭이꽃
너울거리던 나비를
갑사길 한적하게 거닐던 바람 노래를

모란의 툇마루
활짝 핀 모란꽃 입 맞추던 날
새소리는 나뭇잎 깨물었다

여기서는 잠시 숨 놓고
쉬어 가야 한다
하얀 구름이 하얀 꽃을 하얗게 덮은
산 밑에서

삶, 영역

살아 있음은 숨 쉬는 일이다
오늘을 오늘로 볼 수 있음이다

살아가는 일이 힘에 부쳐
잠이라도 실컷 자 봤으면 하는 바람은
무기력을 지우고 싶기 때문이다

손에 일이 있다는 것은 행운이다
더할 수 없는 행복이다

살아가는 게 부대끼면
벗어 던지고 싶은 심정이야 누군들 없겠는가,

두려운 것은 얼마나 더
일이 주어질까 하는 것이다
조금씩 조금씩 비껴가는 무관심이다

칠월 칠석

산하는 말라붙고 땀방울 뚝뚝 흘러 눈이 시렸다
밑둥치까지 새카맣게 타들어 간 하루
묵직한 밤은 온몸을 짜내고 비워 갔다

너와 나를 이어 주는 다리는 보이지 않았다
까마득히 멀어져 가는 작은 별
은하수는 하얀 비를 뿌렸다
무지막지 쏟아지는 별빛, 별비가 내렸다
은빛 빗방울이 하염없이 쏟아졌다

오늘은 비가 내린다
참말로 비가 내린다
떼구름 몰려와 뿌리는 빗줄기

너와 나를 이어 주는 다리는 보이지 않아도
내 손은 이미 젖어 들었다
네 손은 이미 내게로 와 모든 것을 적시고
주룩주룩 비로 내린다

남몰래, 너와 나는 얼싸안고 울고 있으리

강가에 서서

강물은 잔잔히 일렁이고 가슴은 덥다
강 건너 불빛은 수면을 질러와
물 위에 출렁이고
젓는 듯 들려오는 물오리 소리
더운 숨 가늘게 떨리고

별도 없는 하늘은 어둡기만 하다
어둠에 묻혀 그대 찾지 못하면
홀로 물오리 소리만 들을까,

그대를 사랑함으로
세상에서 나는 가장 행복하거니와
짙은 어둠 강가에 서면
강 속 깊이 흐르는 물줄기

머릿속은 온통
그대 숨결로 채워져
뜨거운 입맞춤으로 다가가느니
미련을 남기고 흘러가면
영원히 잡지 못할 파랑새로 그대는 남을까,

잡을 수 없는 먼 곳으로 그대
날아간다 해도
꿈처럼 기억을 지워 놓고 가지는 못할 것이기에
남겨진 자국이 세월을 찧는다 해도
그대를 놓지 않으렵니다

바람은 강물을 훑어 내게로 오고
강가에 서서
하염없이 그대에게 흘러갑니다

만나야 할 사람이 있다

한 번은 만나야 할 사람이 있다
책장에 꽂혀 있는 색 바랜 파일처럼
영 버리지 못하고
의미를 새겨 열어 보지도 못하는 묻혀 버린 세월 속
풋풋한 들풀 같은 사람

낯선 이방의 도시처럼 발길이 닿지 못하는 곳이 있다
벚꽃이 눈꽃 되어
거울 같은 하늘로 나부끼면
추적추적 산 끝에서 비가 내려오는 날이면
환등기로 돌아가는 환영幻影
강물이 싸안고 흘러가는 곳이 있다

살아 있음이 삶이다, 라고 말하면
삶은 내게 무엇을 위해 존재하는가, 라고 반문하지

몸은 허드레
스러져 가고 있지만
기억은 늘 별과 같거니
어차피 한 번은 추억의 주인공이 되어
홍등紅燈을 뒤로하는 발자국 밑에서 사라지겠지만

까마득히 허공으로 날리기 전에
색 바랜 파일 속 낱장들을 들추고
그래도 낯설지 않을 것 같은 그곳

한 번은
꼭, 한 번은
만나야 할 사람이 있다
담아 놓을 수 있는 눈이 있을 때

이명, 아픔 소리

생각을 접어 두고 걸었다
산에 올라 새소리도 들었다
차가운 계곡물에 속을 풀기도 했다

옳고 그름을 판단하기 어려우면
가고 있는 길을 또박또박 새기며 돌아봤다

더러는
바람 소리 들으며 걸어야 했다
더러는 풀벌레 소리도 들어야 했다

더께처럼 쌓이는 명성
명예는 어디서 오는가,
통속의 아집은 어디를 향하여 있는가,

들리는 것은 작정한 소리로 가득하고
포화처럼 커 가는 파도 소리
용서할 수 없는 것들이 소용돌이친다

먹구름이 몰려오고
바다가 뒤집어지고

회오리치는 욕정 같은 욕망

더러는
하늘을 보아야 한다
용서 못 한 옹벽을 헐어야 한다
웅얼거리는 귓바퀴 소리를 들어야 한다

동행은
어울림인 것을

무궁화

한 번도 잊은 적 없다고 말하지 않겠다
한 번도 제대로 불러 본 적 없다고 말하지 않겠다

아니다

청천 높이 오르는 너를 잊고 있었다
화려하고 아름다운 너를 잊고 있었다
구름이 오든 비가 오든 눈이 오든 바람이 불든
상관없이 빛나는 너를
잊고 있었다

미안해하지 않겠다

치욕의 계절을 이겨 낸 네가 아니더냐
동족상잔의 비극을 참아 낸 네가 아니더냐
인고의 계절 태극기 펄럭이던 날
눈물겨워 했던 네가 아니더냐

비로소 알겠다

굳건히 지탱해 준 존재였던 걸

이 나라 대한민국이 너였다는 걸
뜨거운 햇살도 무너뜨리지 못했다는 걸

너는
동반자

죽어도 버리지 못하는 조국이다

제2부 사람과 풍경

길

때로는 뜻도 없이 걸어가고
때로는 힘에 부쳐 걸어가고
어떻게든 살아야 하는 줄 알았다

돌아보는 길은 헛헛하다
주위를 감싸고 있는 것들이 얼굴을 달구게 한다

길에서 만난 사람들
기억조차 희미해진 길동무들
제각기 가는 길에서 우리는 만나고
이별을 한다

갈 수 없는 길
숲 사이 열린 길을 걸어가는 꿈을 꾼다
때로는 무심하게
뚜벅뚜벅 걸어갈 일이다

마치 내가 길인 양

사람과 풍경

사람 속에서 풍경 속에서 한 해가 가고 또
한 해가 가고
시간이 흐를수록 함께 흐르는 게 있다
어느 폐사지 우뚝 선 석탑 앞에서
어느 사찰 무심한 세월 앞에서
서로서로 비춰 보며 모으던 눈동자
솔깃한 귀동냥
한 다발 묶음으로 기억되는 풍경이 있다
산모롱이 한 줄 바람에 땀방울 씻고
느긋한 강가 흐르는 물살 따라
물 되어 걸었던 섬진강, 비단강의 작은 허락
무릉도원을 쫓던 봄날의 숲길
굽이치는 능선 장쾌함을 토하고
은행잎 쌓인 벤치의 옷자락
발자국 자국마다
활짝 웃는 얼굴이 있다
한잔 술에 목소리 높아 가는 얼굴이 있다
계절이 바뀐들 무슨 상관이랴
사람은 풍경 속에서 여유롭고
사람은 풍경 속에서 익어 가거늘

낙화암落花巖

떨어지는 꽃잎인들 아프지 않았으랴

짙게 물든 낙화암
굽어보는 눈시울 하염없어라
백화정百花亭 홀로 칠백 년 세월을 읊는구나

한 사발 고란 약수
고란초 둥둥 띄워 보내나니
황포 돛배 미끄러지는 여름날의 회한
부딪히는 물결마다 헛한 백제百濟 뱃전에 부서지고
해동증자海東曾子 설운 노래 여울져 녹는다

뜨거운 속 백마강에 씻어도
한량없는 길
임 따라가는 길
감은 눈 차라리 가벼워라

뚝뚝,
떨어지는 꽃잎인들 아프지 않았으랴

해무 海霧

숨기고 싶은 비밀이 있는 게야
낱낱이 보이고 싶지 않은 게야
바다도 감추어 버리고
섬도 숲도 감추어 버리고 조금씩 여는 배려
유심히 보라고 자세히 보라고
붉은 동백 가시나무도 단풍나무도 목련도

목련
영혼을 묻은 나무는 따로 있는 게야
고결한 백목련과
별빛 버무리는 큰별목련
연분홍 심중을 헤아리는 다우소니아나 목련
애끓는 불꽃
태워도 끝이 없을 불빛 목련
호수에는 향 가득 뿌려 놓고
눈 감은 듯 푹 빠져 보라 하는 게야

잠기어 갔어
몽환의 길로 서서히 빠져 들어갔어
나무는 거꾸로 서서 물을 먹고 있었어
나무와 숨 쉬고 나무에 잠든 영혼은 나이테가 없는 게야

꽃이었어
나를 깨우는 건 꽃이었어

안개가 나를 묻은 날 꿈을 꾸었어
내 몸에도 나이테가 자라지 않는 꿈을 꾸었어
분명 영혼은 있는 게야
색 바랜 망원경을 목에 걸고
느긋이 호숫가를 거닐고 있는 게야

석등처럼

무주구천동

물길 거슬러 오르다
바위에 서면
저절로 선인이 되는 구천동

선녀가 구름 타고 내려와 목욕했다는
비파 뜯으며 즐겼다는 비파담
반석 폭포수,
굽이지는 물길 가벼워지는 맘 맡겨 본다

옛길로 들어 계곡과 함께 걷는 길
산 댓잎 따라 걷는다
물소리 취해 걷는 오솔길
걷다가 멈추고 걷다가 또 멈추고

넓은 바위 앉아
물 노래 한 가락 흥얼거린다

물길 잦아들면 숨어 가는 산중
무거운 바위 턱 버티고
거뭇게 뻗은 나무 길을 막는다

생수 한 잔 목젖을 넘으면
깊은 산속 숨어 가는 길

햇살 맑은 날
빛 고운 나무가 된다

소퇴천 너와 나

족대 둘러메고 냇가로 가는 여름날
첨벙첨벙 멱을 감다 낄낄거리다
이쯤에서 족대 펴고
작은 바위 들치면 몰이 치는 발 몰이
뭐가 들었을까?
족대 안은 꾸물거리는 물고기 아우성
미꾸라지 기름쟁이 퉁가리 버들치
어쩌다 붕어라도 잡히면 덩실 춤추던 너와 나
신바람은 냇물이 먼저 알았다
너는 대전에 산다 하고
또 너는 부산에 산다 했지
냇가는 잡초 무성하다
쪼그라든 물길은 논물도 겨우 댈 정도
너와 나 물놀이는 택도 없겠다
검정 고무신 헤프게 떠간다
적상산 높이 뭉게뭉게 구름이 떠간다

산아, 몸살 중이다

산아, 그림자로 내려앉는 산아
꽃잎 날리는 물 위로 내려앉는 산아
연둣빛 새잎이 몸살이다
살랑살랑 불어오는 바람이 몸살이다
산아, 기지개 켜는 산아
산벚꽃 하얗게 키우는 산아
봄날이 몸살 중이다
검은 바위 넘는 계곡물 몸살 중이다
물가 얼핏 핀 제비꽃 내 안에 몸살 중이다

산동 산수유

떠나는 것은 떠남이 아니다
오는 것도 내 맘이요
떠나는 것도 내 맘이니 서운한 것도 마찬가지
늙은 산수유 가지 사이
천상의 빛처럼 환히 웃던 너의 모습
이끼 낀 돌담 너머 탐하던 속살
봄빛 달군 마을은 노랗게 물들어 고요하였다
서기천 징검다리 건너다 뒤돌아보고
멈추어 보고
산수유 꽃담 길 봄날의 향유香遊
어느 날 문득 보고파지면
버리지 못한 미련 한 줌 꺼내 보리다

산청마을 새벽을 걷다

지리산 천왕봉은 거인이다
낮달로 숨어 버릴 하현달
홀로 서성이고

희끗한 설봉 밤을 물리면
채색을 기다리는 삼월의 새벽
산이 산을 업은 겹겹 운무가 흐른다

거뭇한 산 위로 연홍이 오르면
다랑논 깨어나는 큰 기지개
높은 나무 까치집 하나 검게 앉았다

잠이 깬 산청마을
까치는 기척 없는데
긴 굴뚝 하얀 연기 새벽을 연다

천왕봉 밝아 오는 여명
푸름 푸름 일어나는 산
내 고향 가는 길에도 붉은 매화 피었겠다

질마재

질마재 넘어가는 시인의 어깨에는 풀잎이 돋는다
초동의 홍얼이는 소리가 나무에 걸리고
둘러멘 책보가 딸그락거린다
나뭇잎 사각이면 겁나던 고갯마루
주저앉고 싶은 다리가 후들거린다
돌아보는 길은 아득히 멀다
새소리가 들린다
바람이 등을 떠미는 질마재
뒤돌아보는 길은 잡을 수 없는 세월이다
제대로 엮어 보지도 못한 투박한 삶이 걸터앉는다

묵상으로 앉아
돌아오지 않을 길을 헤아려 본다
운무가 깔린 새벽녘 산같이
뿌연 길이 안개에 묻혀 사라져 간다
이슬에 젖은 거미줄만 당차게 서 있는 나무와 나무
아릿한 야망이 넘실거린다

질마재는 삶의 그림자
버리지 못하는 연인의 노래다

거짓말

뜬금없이 강물에 기대는 날은
그대, 그리운 날이다

하염없이 하늘에 기대는 날은
그대, 몹시도 그리운 날이다

강이었고
바람이었고 하늘이었고

변해 버린 길 겨우겨우 찾아도
묻혀 버린 흔적

바람처럼 가볍게 걷는다는 말은 거짓말이다
꾹꾹 참아 내는 거짓말이다

유치환 생가에서

사랑하였으므로 행복하다는 말은
나락으로 떨어지는 절규일지도 모른다

통영 앞바다 훤히 보이는 담장에 서서
수없이 흩날린 사랑의 흔적
빛바랜 날을 주워 담는다

사립문 나설 때마다 솟아나는 순수는
우체국 앞 서성거리고
붉은 동백꽃 떨어지는 날이면 남몰래
달음쳐 갔을 통영 앞바다

돌계단에 앉아 청마를 생각한다
바닷바람 불어올 때마다
붉히는 동백꽃
미친 듯 치솟는 파도를 연모했으리라

메아리 없는 산이어도
샘물처럼 솟는 연정
봄날은 새로움이 피어나고

깃발처럼 나부끼는 사랑은

우체국 창문 앞 연분홍 편지를 쓰리라

사람

아침 햇살 오듯이
무장 없이 안기는 편안한 사람

억장 무너지는 일 있어도
호수처럼 가라앉히는
기분 좋은 사람

파란 하늘 올려다보면 저절로
웃음이 떠오르는 사람

시월 햇살 아침으로 오면
마냥 웃는 사람
마냥 하늘이 되는 사람

익어 가는 홍시 하나
하늘 가득 붉어 있다

신의 정원

시월의 어느 멋진 날
열정이 내려앉은 신의 정원을
하얀 나래를 펴고 들어갔다

오페라의 주인공처럼
노래하고 춤추는 신랑은 사랑꾼
장미꽃 한 송이 한 송이 품을 때마다
둥실 날아가는 천사를 보았다

맑은 고을은 환하게 빛을 밝히고
젊음이 박동하는 박수는 우레가 되고
조금의 배려 조금의 양보
조금의 포용

한 걸음 한 걸음 내디딜 때마다
알콩달콩 토닥이는 꽃길을 보았다

가을빛 고운 날
신의 정원
맨드라미 해바라기 샐비어 한창이다

이보다 더 좋을 수 없는 날

봄바람은 남에서 불어온다고 하나
마음 바람은 남쪽만은 아니다
벚꽃 벙글던 석촌호숫가 도란도란 걷던 길
물오리 파문은 고요하였고

둘이 아닌 하나이기를
그리움을 지우고 가는 하나이기를
바람은 늘 하루의 시작이었다
함께 걷는 길은 비가 내려도 좋았다

여름날의 뜨거움도
잡은 손에 맺히는 땀방울도
서로의 눈빛에 사그라지고
둥둥 뜨는 뭉게구름
숲속 새들이 부럽기도 하였다

선정릉 솔바람이 산들거리면
가을빛 훤언히 높아 가고
훨훨 펴는 나래
이보다 멋진 날이 어디 있으랴

가을 지나 겨울이 온다 할지라도
찬바람이 시기할지라도
마주 잡은 손 따뜻하니
무엇이 이보다 좋을 수 있으랴

이보다 더 좋을 수 없는 날
플룻은 잔잔한 사랑의 인사
품어 안긴 꽃망울 벙글어 간다

다시 봄

봄날,
햇살에 반짝이는 것이 있다면 분명 너일 거야

목련이 곱고 고와도
생글거리는 너에게 어이 비하랴
화르르 피는 벚꽃이 이쁘고 이뻐도
까르르 웃는 너에게 어이 비하랴

사랑,
사랑은 따습고 설레는 거구나
우리 만남이 그러했듯이 너는 선물이구나
진자리 마른자리 갈아 준다더니
어쩌면 이리도 기쁜 일인지 웃음뿐이구나

사랑,
네게 줄 수 있는 모든 것
이보다 좋은 것이 또 어디 있으랴

웃음으로 피어라
행복으로 피어나거라
우린 꺼지지 않는 등불이 되리니

예서야,
너의 첫걸음은 햇살이란다
멈추지 않는 빛깔 고운 희망이란다

생명, 목련은 벙글고

풀잎이 돋아나고 초롱초롱 별꽃이 피고
생명수를 끌어올리는 마른 가지
새순이 오르고

봄 햇살 한 아름 품나니

도닥이던 시간은
기쁨의 미소
낮밤이 즐거움이던 건 탄생의 기다림

산수유 매화도 진달래 개나리도
한울이 되는 봄

피어라,
아름답게 빛나게 피어라
가장 순수한 빛으로 세상을 밝혀라

예서睿序, 봄의 전령
우렁찬 시작의 울음소리
수지水枝의 복을 온 누리 품었나니

길에서 길을 묻다

길에서 길을 물었다
와 버린 길을 돌이키지도 못할 거면서
바람인 척하며 길을 물었다

바닷바람 옷깃을 파고드는 날
검은 바위 괭이갈매기
떼 지어 앉아 있는 날

절벽 높이 서 있는 소나무에게 길을 물었다
내가 보고 싶은 게 너라는 걸
알기는 할까

푸르다 못해
검푸르게 물든 바다
갈매기 울음 파도에 묻히고
마음을 씻는 물 두어 모금 마시고 바다를 본다

내가 걸어온 길도
내가 가야 할 길도 내 것인 것을
아무 대답도 얻지 못할 거라는 걸 알면서
길에서 길을 물었다

제3부 아니 오신 듯 다녀가소서

해우소

밀어내는 고뇌가 문득 깨달음일 때
근심 덩어리 산자락에 버린다

허겁지겁 집어삼킨 것들
하나가 되지 못하는
수북한 먼지와 잡념 덩어리
복부에 차고 또 찼다

버려야지,
아무렴 버려야지
꽃구름 주렁주렁 나뭇가지에 걸어 놓는다

가벼운 뜨락이 참 맑다

세심동洗心洞 개심사에서

세심동에서는
마음을 비울 필요도 없다

얇게 계곡물
졸졸거리는 길을 따라
하늘 솟은 소나무
올려다보며
댓잎 곧은 사잇길 따라 발길 옮기노라면
저절로
가슴은 씻어지나니

하나씩
밟아 오르는 돌계단
짓눌린 돌멩이 하나 덜어 내서
돌탑에 던져 놓고
솔 향에 취하기만 하면 된다

세심동에서는
마음을 열려 할 필요도 없다

닫힌 가슴일랑 그냥 놔두고

걸으면 된다
걷기만 하면 된다
걷다 보면 마음이 열린다
시원하게 자유롭게 그냥 열린다

세심동에서는
하늘을 올려다보지 않아도 된다

잎새 없는 감나무
빛깔 고운 감들
쳐다보노라면
풍경 소리 잦아드는 하늘
그냥 보인다, 훤히 그냥 보인다

시나브로 마음이 열린다
그냥 열린다

적묵寂黙의 땅

끝머리쯤
관악산 서쪽 끝머리쯤
호기虎氣를 눌러야 하는 파란 기운이 탑을 맴돌다
북과 어고魚鼓에 머물며 춤추는 곳
종루가 무겁게 앉아 서녘을 응시하는 곳
무학이 신선처럼 달려와 심검尋劍에 들고
과거와 현재가 공존하는
돌담의 기왓장
부스러지듯 푸석하다

느티나무
청록 잎새를 키우다 한 우물에 숨 돌리고
삼배로 앉아 두 손 모으면
까마득히 들려오는 불새의 울음소리
검은 해금이 일렁인다
비우지 못하는 욕심만 복부에 차 부여잡는 미련
천불千佛의 호령이 움찔거린다
나풀거리는 나비처럼
아른거리는 숨소리
목탁은 가슴을 두드리다 호암虎巖으로 날아간다

치오르는 섬광 하나
솟구다 가라앉는 무거운 침묵
나고 감이 피고 짐이 윤회의 귀결이면
가지 않은 길도 후회야 있겠는가

바람이 분다
풍경風磬이 흔들린다
땅속 깊숙이 돋아 오는 요원의 소리
법고法鼓는 울고 정령을 휘모는 장삼에 저녁놀이 드리운다

고불매古佛梅

홀로 산다는 것은 외로움이다
짝을 잃는다는 것은 고독이다

백양사 앞뜰은 고요하였고
스님의 독경은 냇물처럼 적셔 주었다

흐르는 세월은 기억하지 않겠다
사라지는 것은 모두 가치를 지니듯이
아직은 붙어 있는 숨이기에
가치를 묻는 것은 무의미하다

죽지 못해 살아온 것은 아니다
살다 보니 사계가 수없이 지나갔고 살빛이
검어졌을 뿐이다

잔설이 있건 없건 상관없다
몸이 터져 속 물이 솟는 것은
달게 마신 땅속 생명수, 주체 못 할 향수인 것이다

고불매라니 당치 않다
늙은 매화일 뿐이다

말없이 돌담에 기대 살아갈 뿐이다

살아온 것은 기억나지 않는다
살아 있는 지금이 좋고
가질 것도
굳이 가지려 할 것도 없다

산다는 것은 아무것도 아닌 것이다

비천飛天

동종銅鐘은 천년의 더께로 꿈틀거리고
비천상은 천의를 펄럭이고
울림은 산중을 깨워 가고

끝 모를 욕심
파르르 떨린다

깊은 계곡 물줄기마다
녹아든 솔 향
비우지 못한 마음은 돌 틈을 맴돌았다

장삼을 걸친 스님이 법고를 두드린다
북과 어우러져 춤을 춘다
맥놀이 치며 심장을 꿰뚫어 묵시를 찌른다
파란波瀾의 소리가 비를 부른다
장중한 산의 울림이 구름을 일궈 비를 뿌린다
산사는 운무에 덮이고 산수화가 되고
묻혀 가는 생의 모든 것

불유佛乳는 비로 내리고
탑신을 맴도는 북소리

석조보살 관모는 돌처럼 하얗다

쿠우웅
단애斷崖의 소리

적광전寂光殿 목탁은 가부좌를 틀었나니

흔적 진 옛터를 찾아

사라짐과
소멸이 남겨 놓은 흔적 진 자리

빈 뜨락으로 허허한 겨울바람이
마른 풀잎을 스치고 지나간다는
허리 구부정한 민초들 곡진한 사연이 여여하다는

망한 옛 절터 빈자리
남한강 섬강가 폐사지

백 년을 거듭거듭 부풀려 온 나무 한 그루
더듬어 보는 손은 여한이 무겁고
천 년 세월 녹여진 탑신
팽팽하게 꿈틀거리는 석공의 혼
한 백 년 살고 지고 갈구하는 소망이 남사스럽다

비워진 공간에 다시 또 비워지는 내 공간
천 년은 고사하고 한 백 년쯤
백 년 근처라도
묵상처럼 우뚝이 서 있는 탑이고 싶다

소멸은 생성을 예비한다는
죽은 족제비 사리라도 만날지 모른다는
망한 옛 절터 빈 뜨락

찬바람 휑하다

창공을 맴도는 참매 한 마리
독한 눈동자 맴도는데

지광국사현묘탑비 智光國師玄妙塔碑

흘러간 것은 흘러간 대로
남겨진 것은 남겨진 대로
천년을 이고 온 거북 한 마리
비석碑石 하나 곧추세운다

앙다문 이빨 괴수 되어 악귀를 물리고
부릅뜬 눈 긴 수염 날리며 시공時空을 넘었다

승천하는 용오름 구름 물결 일렁이고
쌍룡이 빛으로 오르면
커 가는 계수나무, 나래 펴는 삼족오三足烏
비천상 너울너울 천계로 가나니
어찌 봉황인들 춤추지 않으리오

지광국사 사리탑이 없다 한들 어떠하리
연화蓮花 새긴 왕관은 오롯하고
상처로 남은 세월이 아파도 기상은 또렷한 것을

법천사 텅 빈 절터
정수리 쪼는 소리
정 끝은 내 몸을 쪼아 대고

불국佛國의 나라

융성한 도량 간데없어도

허허벌판 지키는 위풍 곧추세운다

비암사碑巖寺

아니 오신 듯 다녀가소서

사천왕처럼
불사佛寺를 지키는 느티나무
국보 한 점 보물 두 점
천 년을 가른 석탑은 오롯이 백제의 혼

거뭇한 여명 거두고
살아오는 비상碑像 아미타불阿彌陀佛
어제가 오늘로 오늘이 내일로
연緣은 연으로 이어지고
간직한다는 것은 숨기는 것이 아님을,

운판雲版을 휘감은 쌍룡은 구름을 에워 가고
나무아미타불 돋아 새긴 범종
침묵하는
유월의 싱그러운 한낮

산신각 앞 무던하게 앉는다
무욕이라 했던가, 무소유라 했던가
느티나무 천만 가지 걸린 지난한 그림자

홀연히 사라지는 사바娑婆의 길

채우려 하지 마라
운주산 스치는 바람처럼
실오라기 하나 없이 걸어 보라

간 것은 오는 것
온 것은 또한 가는 것
백팔 계단 내려서는 삼배 합장
돌덩이 하나 돌계단에 내려놓는다

패랭이꽃

가없는 눈물은 재 되어 먼지로 스러지고
가령, 몇 줄의 시詩와 같은 계절의 하늘 되어
봄 여름 가을 겨울 어느 철이나
항시 어울릴 백치로
폐부를 후련히 씻어 내는 밉지 않은 소리
소리를 결코 죽이지 않고
때로는 토끼 같은 뽀얌으로
때로는 맑은 구름으로
닿지 않는 곳까지 터질 듯 솟아오르며
바라던 새가 있어 바다를 가지요, 해서
바다를 꿈꾸다
바다는 근처도 못 가고 만
그저 하얀 나비의 너풀거림으로
육중한 물을 막고 선 저수지 뚝 패랭이꽃
흥흥, 철부지같이 뛰놀다
억새풀 틈바귀
꽃 품을 파고 여는 바람처럼
닿지 않는 곳에서 내려온 수줍은 천사
그러한 무진無盡한 간드러짐
해맑게 터지는 만산滿散

바라보는 것만으로도 심장이 저려 온다

백일홍

백날의 기원은 뜨겁게 흐르고
붉은 속 하량 없이 타들어 간다

속절없이 흔들어대는 야속한 사람아
하얗게 벗겨지는 몸뚱이
어이하리오

피고 지고 피고 지고
너무도 먼 기약
붉게 맺힌 멍울 어이하리오

얼마를 더 갈기갈기 찢어야 하는지
한 잎 두 잎 물 위에 띄우면
붉은 시름 녹아내리고

야속한 사람아
하늘 멀리 나부끼는 티끌이래도
태양 빛, 뜨거운 열병은 그대 곁에 남으리다

불이교不二橋 건너서

갈 수 없는 길을 가는 것은 만용이다
묻어 두는 것은 잠깐의 위안이다

세파에 눌린 것은 일으켜 세워야 한다
여백도 없는 조바심은 오금이 저리고
시간 싸움은 무한한 질김이다

바람 좋은 날
햇빛 맑은 날

불이교 건너 속세를 떠난다
환영처럼 둘러선 붉은 꽃들이 요사스러운 날
법당은 말없이 풍경을 흔들고
소원 하나 없는 합장

숲이 커 간다
울금바위는 구름으로 흐르고
능가산 개암開岩의 법문이 백일홍을 피운다

울금바위 동굴에 앉아
막힌 속 열어 본다

막힌 거 없는 속은 얼마나 좋으랴

다시 건너는 불이교
살아가는 곳은 속세인 것을 어이하랴

영생의 길도 내 안에 있는 것을
나고 감이 누구의 탓이랴
불이교, 경계에서 나를 탓한다

꽃무릇

그대에게 가는 길
멀고 멀어도
터지고야 마는 붉은 오르가슴

길고 긴 목울대
뜨거운 불꽃으로 피나니

언제
다시 오시려는가

죽비 소리 커 가도
차마, 그대를 잊을 수 없나이다

우화루雨花樓
—봉정사 영산암

비가 왔음 좋겠다
뿌연 하늘이 검어지고 먹구름 몰려와
우루루 우루루 쏟아졌으면 좋겠다
희고 붉은 꽃비가 너풀너풀
환영을 만들어 놓고
환한 빗물로 쏟아져 내렸으면 좋겠다
떠나는 사람
남는 사람
부르는 맘 궁금해 죽겠어도
자기도 모르는 길
대답 없는 발길 총총히 무겁고
남기지 못하는 눈먼 인연
송암당 늙은 소나무 바람을 부른다

별나라 별 무리

해묵은 수묵화처럼
짙은 어둠 끌어안고 우두커니 선 노송 아래
솔바람 베고 잠들어 계신 어머니
별빛이 스쳐 갑니다

두견이 우는 밤이면 천만근 내려앉아
더욱더 미어질 터
풀벌레 떨리는 수풀은 산을 넘고
계곡을 흐르는 물소리 졸졸
돌 틈을 헤적입니다

별빛 하나
가만가만 소나무 가지에 앉으면
그리운 목소리 두런두런 들려올 듯
어머니 먼 눈빛이 달려옵니다

에둘린 산은 무겁게 앉아 별을 부르고
별나라 별 무리
은가루 흩뿌리는 시퍼런 하늘이
마구 쏟아져 옵니다

몰랐습니다
어머니, 빛나던 눈빛이 별이라는 것을

물처럼 바람처럼

떠다니는 것이 어디 구름뿐이며 바람뿐이던가
산이 맺어 놓은 이슬도
솟아나는 샘물도 하나 되면
흐름은 맑아지는 것을

흰 구름 걸쳐 가는 산마루
산비둘기 소리
마곡천 맑은 물에 발을 담그면 물이 되고
귀를 담그면 바람이 되는 것을

살다가 가는 것이
구름이런가 바람이런가
흐르고 흐르는 한 줄기 물이런가

물처럼 바람처럼
살다가 가리라 말하지 말자
노래 부르고 새기고 다짐하지 말자

어지럽고 혼탁한 것들이 무거워서
버리지 못하는 욕심이 너무 커서
분명 몸부림칠 것이니

바람이 남기는 말이 내게 하는 말이었으면 좋겠다

미련이 아닌 버림이기를
개운한 발목이 내 것이기를

핍박의 갈등

화엄사 산사음악회 심금心琴
나팔수가 비수를 꽂는다
장삼을 걸친 스님이 줄지어 자리하고
어둠이 산사를 덮는다

침묵이
빛을 지운다

한 사내를 따라가는 조명
징을 두드린다
강하게…… 약하게, 멈추다 강하게
미끄러지듯 또 다른 징으로 강하게, 약하게

산이 흩어진다
겁박해 가는 소리는 각황전을 감는다
조명이 강해지고 나팔은 산을 신들리게 하고
숨넘어가게 한다
자신과의 갈등이 쟁투를 벌이고

군중을 뚫고 산사를 내려오는 허무를 본다
뒷전으로 들려오는 징 소리

목덜미가 아리는 미련의 소리
코브라를 몰아오는 강렬한 핍박이 덜미를 잡는다
천상의 징 소리가 후들거린다

핍박은 역설이다
강렬한 욕구다
지리산 같은 덩치로 덮쳐 오는 아찔함이다

핍박은
세상이 뒤틀리는 무너짐이다

망해사望海寺 낙조落照

구름 한 조각 늙은 나무 걸치고
저무는 해를 지운다

해가 사라진다 한들 삶이 헛될까
팽나무 걸친 노을 끝없는 것을

만경강 끄트머리
바다로 잠기어 가는

진홍빛 구름 질펀히 깔린 하늘
고요히 부처 미소 짓는다

제4부 해방촌

편린片鱗

어릴 적에는
너나 나나 똑같았다
판잣집 골목을 뛰노는 개구쟁이
시껌뎅이 꼬마였다

물장구치던 남산 골짜기
버찌 따 먹고 마를 캐던 숲 언저리
저만치 있다

휴일 아침이면 팔각정 광장까지 단숨에 올라
역기를 들고 배드민턴을 치곤 했다

옥상에 오른다
지식의 곳간 초등학교가 보인다
우뚝 선 호텔이 보이고
이태원 너머 관악산이 달려온다

하얀 조각이 하늘 높이 떠다닌다
지울 수 없는 환영처럼

국화는 꽃잎을 떨구지 않는다

십팔 세 되던 해 동네 총각에게 홀딱 반해
신부가 되었다
아름다운 세상을 얻은 날
빨갛게 꽃을 피운 순이
가을걷이는 긴 단잠을 주었다

봄이 올 즈음
신랑은 훌쩍 서울로 떠났다
뜨거운 여름은 맘 바닥을 쩍쩍 갈라놓았고
나락이 영글고 메뚜기가 날아다니는 계절
찬바람은 허리춤을 지나갔다
웅크린 치마 속은 시려 푹푹
눈 속에 묻히곤 했다

바람은 어디서 불어와 봄빛을 일구는가,
서울 가는 완행열차는 순이를 꽃 피게 했다
서울살이하던 날
순이는 행복한 꽃이 되었다

쪽방촌 판잣집은 산골 초가집을 그립게도 했지만
노모가 눈에 밟히고 논밭일 눈에 밟혀도

지어 올리는 별빛 새벽밥
홀딱 넘어간 그날처럼 신이 나서
순이는 노란 국화를 거리마다 심었다

언덕배기 길모퉁이 환한 꽃
억척이 순이는 꽃잎을 떨구지 않는다

남산 바람 불어오는 골목 국화꽃 한 무더기
지아비 그리운 밤
홀로 지워도
국화는 꽃잎을 떨구지 않는다

판잣집

쳇바퀴를 벗어난다는 것은 상상도 못할 일이다
튼실한 다리가 아니면 버티기 힘든
비탈진 골목
한숨 소리 커 가는 엄마의 고충이
담벼락만큼이나 높아 가고
원하는 것을 얻기 위해서는
돈이 필요하다는 것을 깨달았을 때
눈에 들어온 동네 해방촌
단칸방 월세보다 가족의 생계가
아버지를 더 힘들게 했다는 것을 알기까지는
한참을 지나서다
먹고 싶은 과자를 먹지 못하는 것은 풀 죽는 일이지만
절대 기죽지 않으려는 오기는 누구도 모르리라
엄마가 밉기만 했던 투정쟁이
천진하다는 것은
못난 합리화라는 것을
눈에 보이는 것이 많아질수록 조금씩 조금씩
깨닫는 것이다

골목길

구름 밟듯이
잘못 들어서면 그냥 가라
옆길로 가 보기도 하다 그냥 가라
숨바꼭질하듯 기웃기웃 그냥 가라
좁은 길 익숙해지거든
언덕길 뒤돌아도 보고
막힌 곳 나오거든
뉘 집 대문 앞 껄떡여 보다
헛기침 한번 던지고 돌아서 가라
언덕배기
미로처럼 가는 길
돌계단 나오거든 세지 말고
그냥, 천천히 가라
구름 밟듯이 그냥 가라

그림자

개울을 타고
창가로 스며드는 물빛은 늘 어둠이다
검푸르게 눌러앉은 기왓장
잡풀이 돋고
콜타르 눌어붙은 지붕은 푸석하다
고향 잃고 미련을 숨겨 둔 채
버텨 내는 뚝심들
하루
또 똑같은 하루
하나둘 구멍 난 담벼락이 길게 늘어선다
어둑어둑
내려앉는 그림자
깊은 잠 속으로 빠져드는
긴 그림자
허옇게 풀어지는 연기의 곡예는 싸늘하다

무너지는 것들

담벼락을 무너트리고
동네를 헤집고
남산 2호 터널이 뚫리던 날
위세 등등한 갈퀴는 말문을 막아 버렸다

메아리 없는 아우성
단내 나는 사투리들이 쓰러지고
쿵쿵한 개울로 오장육부 나뒹굴고

살거나 말거나
상관없는 일이다

꿈같은 고향이
속눈물로 오는 저녁
아버지는 길게 담배 연기를 연신
뿜으시고

포기는 빠를수록 좋다 했던가
허허로운 것은 찢어진 바랑이다

하루

해방교회 종소리 남산을 달리면
노동판 가야 하는 아버지
새벽밥 물리고
첫차 타는 새벽을 밟는다

눈을 뜨는 남산 너머 첫 동네
후암동 지나 남영동 걷는 등굣길
희망 걸음 하루를 열고
옆구리 낀 신문 뭉치가 줄어드는 해거름
단내 녹는 헛한 하루를 지운다

해 지면 돌아가는 새처럼
찾아가는 해방촌 둥지

아버지
취한 콧노래 흥얼거리는 초저녁
뉘엿뉘엿
골목 끝으로 사라지고
손에는 센베이 봉투 보물처럼 들려 있다

뜨끈한 방바닥 어깨짐 풀어놓고

곤하게
해방촌은 잠이 든다

고향을 만드는 사람들

고단하고 버거워도
새벽같이 길 나서는 아버지
건넛집 조 씨 아저씨는 개성에서 논물 주다
전쟁 통에 피난길 나서
터 잡고 앉은 곳이라 했다
지척인 고향 곧 가려니 하다
아버지 따라 노동일 몸에 배었고
고향 가는 게 꿈이라 했다
고향 등지고
고향을 만드는 사람들
등 따습고 든든하면 고향인 거지
술잔 몇 순배
말은 많아지고
벌겋게 얼굴은 익어 간다

상련相憐

낮에도 밝혀 두어야 하는 전등불은 눈이 아리고
빛은 친구가 된다
앓는 밤이 깊을수록
먼지처럼 쌓이는 고독,

쿵쿵거리는 심장이 지축을 흔드는 밤
남산을 휘휘 도는 허무한 욕심이 벌렁대다
사그라드는 새벽
백만 대군에 짓밟혀도 모를 아찔함이 흐른다

참살당하는 것처럼 맥없이 쓰러지는
핑그르르 풀어지는 속살,
풀풀 날리는 남산 길 벚꽃처럼
허무한 낙화로 흩어진다

늙는다는 것은
새로운 빛을 잉태하는 것이다

남산 바람

남산에서 불어오는 바람은 얄궂다
골목골목 쓸고 가
한강을 내닫는다

쪽방촌 얇은 지붕을 할퀴고
웅웅거리는 바람
너풀대는 지붕이 풀풀 날린다

덧댄 조각들
얹힌 벽돌들

바람은 항상 높은 산에서 불어온다

개나리

보잘것없는 엉킴으로만 보였지
버려진 계층처럼 무관심했지
훑고 가는 한기는 다시는 오지 않을 것처럼
강을 돌아 하늘을 유린하고
매몰찬 바람만이 옆구릴 찌르고 할퀴었지
속 깊은 떨림은 늘 허공
삶의 의욕은 촌치도 보이지 않았지

꿈틀, 몽환 같은 꿈틀임
문득 일어서는 아우성을 보았지
천박한 것들의 물결을 보았지
노란 깃발을 들고 하나둘씩 일어서는 아우성
두근두근
뛰기 시작했지
쿵쿵 뛰기 시작했지

봄이야
봄이야

호박꽃

뻗어 가는 손끝 꼬부라들어도
황금 빛깔 소복이 곱나니

듬성듬성 달아 놓는 호박 덩이
파란 밀어 속살거리고

참 좋은 길
어머니 주름진 웃음 달려오는 길

뭉게구름 두둥실
환히 피는

넉넉한 고향의 꽃
엄마꽃

아버지의 벚꽃

숨이 차는 소리에
무너지는 가슴 어쩌지 못하고
말없이 돌아서 오는 길
흐릿한 하늘이 더욱 흐려지는 길

여의도 돌아서는 윤중로
하얀 꽃길이 발목을 잡는다

한 번도 아버지와 걸어 보지 못한 벚꽃 길
아내와 함께 걷는 길이 죄스럽다
마지막일지도 모를 아버지의 봄이 가 버리면
내년에도 벚꽃은 또 환하게 피겠지만
아버지는
내년의 봄이 있기나 할 건지

꽃은 왜 이리 아름답게 피어 있는 것인지
나는 어쩌자고 무심히 걷고 있는 것인지
흩날리는 하얀 꽃잎만큼이나
내 몸도 조각조각 흩어져 날린다

가족

단칸방 여섯 식구는 싸움도 많았다
칭얼대는 아이가 동생이 아니었으면 두 번 다시
보지 않았을 것이다

단칸방 여섯 식구는 웃기도 잘했다
칭얼대는 아이 업어 달래고 키득거렸다

아버지는 새벽일 나가 밤늦게 오시고
어머니는 뜨개질로 손마디 굳어 갔다

단칸방 여섯 식구는 반찬 투정도 못 했다
하나라도 더 먹으려 손과 입이 바빴다

단칸방 여섯 식구는 누우면 하나가 된다
칭얼대는 아이가 꿈나라로 가면 모두 푹 잠이 든다

둥지 떠나는 새처럼 제 갈 길 찾아 흩어져 간
단칸방 여섯 식구

단칸방은 세 칸이 되었어도
귀퉁이 같은 한 식구

어머니 홀로
빈방을 닦으신다

당신의 하늘

하늘을 봅니다
입안 가득 고인 것들을 삼킵니다
눈 감으면 젖어 드는 게 있어
눈도 크게 치켜뜨고 멀리
올려다봅니다

하늘은 맑고 참 파랗고
구름 몇 조각
흘러갑니다

주어진 현실에 반항치 말고
살아가거라

하지만 돌아보면 아니다 싶은 날들
지워지지 않는 날들이 돌처럼
많이도 서 있습니다

그래도 살지요
당신의 말씀 거역 않고
가슴 쓸어내리며 혹여 흠될까
살아가지요

하늘을 봅니다
당신의 말씀 그리워
하도 그리워
끝 간 곳 모르겠는 하늘, 하늘만 바라봅니다

천직天職

선線을 긋는 일 벗 삼아 살아간다
둔중한 쇠붙이 쓰다듬고
성심껏 나사도 조이고
생명력 불어넣는 기쁨을 맛보면서
일하는 자부심 컸었지만
아무래도 기계를 만드는 일은 천직이 아닌가 보다

나사 몇 개 조였다고 손끝이 갈라져서야
아린 것은 둘째 치고 속이 아프다
외곬의 아집도 이제는 지겨워
속이 아프다

적당히 타협하고 눈가림도 해 가면서
눈멀게 우수리도 챙겨 두고
주머니 두둑이 불려 두고
살았더라면, 하는
뒤늦은 생각이 드는 것은 천직이 아닌 것이다

철커덕철커덕
끝없는 반복의 역동 소리
쇠붙이들의 조합은 벅찬 감동이었지만

텅 빈 나뭇가지를 헛도는 바람처럼 휭 하고
눈망울 허공 멀리 휘돈다

정직한 것은 늘 외롭다 했던가,
어금니 꽉 깨물면
저리는 기억들
버리지 못하는 미련 한 움큼 허허롭다

그래도 이나마 살아온 것은
하늘이 주신 선물이 분명하다
선을 긋고 사는 일은 여전히 내 몫이다

심복心腹

하나에서 열까지 속속들이 아는 사람
오장육부 다 주어도 아깝지 않은 사람

부하도 아니고 똘마니도 아니고
내 마음 복판에 있는 사람

끝끝내 버릴 수 없는
믿을 수 있는 한 사람

진심으로 기뻐하고
정성을 다하는 목숨줄 같은 사람

퍼내도 퍼내도 마르지 않는 샘물
당신은 삶의 근원

해 설

현실의 공간에서 불가의 시간으로, 다시 현실로

이승하(시인, 중앙대 교수)

시인이 내게 따로 보내 준 약력에 따르면 1957년, 서울 해방촌 출생으로부터 시작한다. 왜 그는 조금은 밝히기 부끄러울 수도 있는 해방촌에서 태어났다는 것을 고백한 것일까. 시를 보면 알 수 있다. "이태원 너머 관악산이 달려"(『편린』)오고, "남산 바람 불어오는" "쪽방촌 판잣집"(『국화는 꽃잎을 떨구지 않는다』)의 "단칸방(에서) 여섯 식구는 반찬 투정도 못 했다"(『가족』)고 회상한다. 그는 결혼하여 떠나기 전까지 해방촌에서 살았다. 부모님의 고향인 전북 무주로 가서 할머니의 슬하에서 유년 시절을 보내다가 초등학교 4학년 때 서울로 전학했고, 지금도 어머니께서 살고 계시니 시인은 해방촌 사람이나 마찬가지다. 해방촌을 무대로 한 시를 여러 편 쓴 이유도 소년 최대승을 키운 것은 8할이 바로 그곳, 해방촌이었기 때문이다.

한국전쟁은 대규모의 인구 이동을 초래하였다. 대부분 생활 기반을 상실하고 도시에 정착하게 되는데, 이들은 국·공유지를 무단으로 점유하여 대규모 무허가 판자촌을 형성하였다. 그 결과 무허가 불량주택이 곳곳에 발생, '해방촌'이라는 도시빈민 밀집 거주지역이 생겨났다. 그 과정에서 무허가 정착지를 지칭하는 '산동네'니 '달동네'니 하는 신조어도 나타나게 되었다.

해방촌 이야기는 뼈아픈 자기 고백이다. 그 시절 이야기는 치부 들추기도 아니다. 1953년 휴전협정 체결 이후, 이 나라 사람 중 가난하지 않은 이는 1%나 되었을까. 다 지지리 못살았고 못 먹었다.

어릴 적에는
너나 나나 똑같았다
판잣집 골목을 뛰노는 개구쟁이
시껌뎅이 꼬마였다

물장구치던 남산 골짜기
버찌 따 먹고 마를 캐던 숲 언저리
저만치 있다

—「편린」부분

잘 믿어지지 않는다. 서울 한복판 남산 골짜기에서 물장구를 치고 버찌를 따 먹고 마를 캤다니. 먹을 것이 없었던 그 시절, 아이들은 들로 산으로 가서 그저 먹을 것을 구하는 것이 일과였을 것이다. "먹고 싶은 과자를 먹지 못하는 것은 풀죽는 일이지만/ 절대 기죽지 않으려는 오기는 누구도 모르리라"(「판잣집」)고 이빨을 깨물기도 했던 소년이었다. 일찍 철이 들었다. 그 시절, 아버지는 첫차를 타고 어디로 갔던 것일까.

해방교회 종소리 남산을 달리면
노동판 가야 하는 아버지
새벽밥 물리고
첫차 타는 새벽을 밟는다

눈을 뜨는 남산 너머 첫 동네
후암동 지나 남영동 걷는 등굣길
희망 걸음 하루를 열고
옆구리 낀 신문 뭉치가 줄어드는 해거름
단내 녹는 헛한 하루를 지운다

해 지면 돌아가는 새처럼
찾아가는 해방촌 둥지

아버지

취한 콧노래 흥얼거리는 초저녁

뉘엿뉘엿

골목 끝으로 사라지고

손에는 센베이 봉투 보물처럼 들려 있다

뜨끈한 방바닥 어깨짐 풀어놓고

곤하게

해방촌은 잠이 든다

——「하루」 전문

    내가 알기로, 시인의 아버지는 석축을 쌓는 일용직 노동
자였다. 밑천이 있어야 장사도 한다. 맨몸이 전 재산인 아
버지는 하루의 노동을 끝내고 만취하여 콧노래를 흥얼거리
며 귀가하는데, 손에 센베이(전병) 과자 봉투가 보물처럼 들
려 있었다.

    고단하고 버거워도

    새벽같이 길 나서는 아버지

    건넛집 조 씨 아저씨는 개성에서 논물 주다

    전쟁 통에 피난길 나서

    터 잡고 앉은 곳이라 했다

    지척인 고향 곧 가려니 하다

    아버지 따라 노동일 몸에 배었고

고향 가는 게 꿈이라 했다

고향 등지고

고향을 만드는 사람들

등 따습고 든든하면 고향인 거지

술잔 몇 순배

말은 많아지고

벌겋게 얼굴은 익어 간다

—「고향을 만드는 사람들」 전문

　화자의 아버지는 농촌의 가난이 지긋지긋해 "훌쩍 서울로 떠"(「국화는 꽃잎을 떨구지 않는다」)난 사람이었다. 신부인 '순이'도 완행열차를 타고 서울에 가서 온갖 고생을 다 했다. 그런데 조 씨 아저씨는 개성 사람으로서 전쟁 통에 피난길 나서 터 잡고 앉은 곳이 바로 해방촌이었다. 고향에 가고 싶다는 꿈은 아버지나 조 씨 아저씨나 이루어지지 않을 것이다. "단칸방 여섯 식구는 누우면 하나가"(「가족」) 되었는데, 어느새 "둥지 떠나는 새처럼 제 갈 길 찾아 흩어져" 갔다. 아들 최대승을 도저히 키울 형편이 안 된 부모님은 자식을 전북 무주로 보냈다. 시집의 다수를 차지하고 있는 자연 친화적인 시는 아마도 무주에서의 나날이 있었기에 가능한 것이 아닐까.

　너는 어디로 튈지 모르는

　민들레 씨앗

홀씨 피워 겹꽃 되고
꽃잎 사이사이 너를 품었다

희망은 솜털처럼 가벼워
바람 부는 날이면
멀리멀리 날아간다

강가에 앉아 후 후
너를 불어 본다
강 건너 먼 세상까지 가 보라고

내가 가 보지 못한 세상
너는 꼭 만나 보라고

　　　　　　　　　—「너는 씨앗」 전문

　　민들레는 풍매화로 씨앗은 바람이 부는 대로 날려가 뿌리
를 내리고 살아간다. "희망은 솜털처럼 가벼워/ 바람 부는 날
이면/ 멀리멀리 날아간다"니, 무주에 온 소년 최대승은 서울
에서의 삶이 얼마나 그리웠을까. 자연을 벗 삼아 살아갔겠지
만 서울에서 만큼 스릴 있고 긴장감 넘치는 나날은 아니었을
것이다. 시집에 강 시편이 유독 많은 이유도 강은 흘러가기
때문이다. 바다로, 대처로.

　　그대와 나

멈춰서는 안 되는 흐름이지 않겠는가
찬바람 거두어 간 강으로 오시게
멈춤 없이 흐르는 강으로 오시게
　　　　　　　　　　　　　　—「강으로 오시게」 부분

강은 머물 듯 흐른다
너를 담아 두는 나의 그릇은
청둥오리 노니는 강과 다를 바 없으리라
　　　　　　　　　　　　　　　—「바람처럼 너에게」 부분

물안개를 피워 내는 강
떼 지어 헤엄치는 청둥오리 잠을 털어 내고
　　　　　　　　　　　　　—「해 오름」 부분

　강의 가장 중요한 속성은 멈추지 않고 흘러가는 것이다.
우리네 삶도 그렇지 않은가. 고이면 안 되는 것, 안주하면 안
되는 것. 이번 시집에서 해설자가 가장 좋아하는 시도 바로
강을 노래한 것이다.

강물은 잔잔히 일렁이고 가슴은 덥다
강 건너 불빛은 수면을 질러와
물 위에 출렁이고
젓는 듯 들려오는 물오리 소리
더운 숨 가늘게 떨리고

별도 없는 하늘은 어둡기만 하다
어둠에 묻혀 그대 찾지 못하면
홀로 물오리 소리만 들을까,

그대를 사랑함으로
세상에서 나는 가장 행복하거니와
짙은 어둠 강가에 서면
강 속 깊이 흐르는 물줄기

—「강가에 서서」부분

왜 시인이 유독 강을 즐겨 노래하게 되었는지, 그 이유를
알 듯도 하다. 속이 깊은 사람처럼 강은 사람 눈에 안 보이는
깊은 곳에서 흐르고 있다. 이 시는 사랑 노래이기도 하다. 사
랑이란 한순간에 타올랐다가 스러지는 불꽃놀이 같은 것일
수도 있지만 시인이 원하는 사랑은 그런 것이 아니다. 몰래
사랑함으로써 행복해지는 관계를 꿈꾼다. 이 시집의 사랑 노
래는 대체로 짝사랑이다. 바보의 사랑, 하지만 그 사랑은 오
래간다. 쉽사리 변하지 않는다.

머릿속은 온통
그대 숨결로 채워져
뜨거운 입맞춤으로 다가가느니
미련을 남기고 흘러가면
영원히 잡지 못할 파랑새로 그대는 남을까,

잡을 수 없는 먼 곳으로 그대

날아간다 해도

꿈처럼 기억을 지워 놓고 가지는 못할 것이기에

남겨진 자국이 세월을 찧는다 해도

그대를 놓지 않으렵니다

바람은 강물을 훑어 내게로 오고

강가에 서서

하염없이 그대에게 흘러갑니다

—「강가에 서서」 부분

아, 이런 사랑은 옆에서 보기에 애처롭다. 고백을 하라고, 대시를 하라고, 사건을 만들라고 외치고 싶지만 시의 화자는 너무나 조심스럽게 "남겨진 자국이 세월을 찧는다 해도/ 그대를 놓지 않으렵니다"고 말한다. "강가에 서서/ 하염없이 그대에게 흘러"가겠다고 말한다. 지나치게 고전적인 사랑이다. 하지만 시인은 이런 사랑이야말로 진정한 사랑이라고 생각하니 말릴 수 없다. 아니, 해설자 역시 더 늙기 전에 이렇게 짝사랑할 사람이 나타나면 좋겠다. 그리움으로 밤을 꼬박 새우며 연시를 쓴다면 베스트셀러도 될 수 있겠지만, 최 시인처럼 풋풋한 연애 감정을 품을 대상이 없으니 헛된 꿈이로다.

백날의 기원은 뜨겁게 흐르고

붉은 속 하량 없이 타들어 간다

속절없이 흔들어대는 야속한 사람아
하얗게 벗겨지는 몸뚱이
어이하리오

피고 지고 피고 지고
너무도 먼 기약
붉게 맺힌 멍울 어이하리오

얼마를 더 갈기갈기 찢어야 하는지
한 잎 두 잎 물 위에 띄우면
붉은 시름 녹아내리고

야속한 사람아
하늘 멀리 나부끼는 티끌이래도
태양 빛, 뜨거운 열병은 그대 곁에 남으리다

—「백일홍」전문

　이 시는 백일홍을 노래한 것이 아니다. 백일홍은 비유의
대상으로 가져온 것일 뿐, 처절한 짝사랑을 다룬 시이다. 두
사람이 하는 사랑이 아니라 혼자서 하는 사랑이기에 붉게 맺
힌 내 이 가슴의 멍울을 어떻게 할 수가 없다. 한 잎 두 잎 백
일홍 잎을 찢어 물 위에 띄우면 붉은 시름도 녹아내린다. 화
자는 피를 토하는 심정으로 "야속한 사람아/ 하늘 멀리 나부

끼는 티끌이래도/ 태양 빛, 뜨거운 열병은 그대 곁에 남으리
다"라고 하면서 노래한다. 이런 사랑은, 하다가 자진할 수도
있으리니. 망부석望夫石은 남기라도 하지, 상사화相思花는 일
찌감치 사라진다. 흔적도 없이.

그대에게 가는 길

멀고 멀어도

터지고야 마는 붉은 오르가슴

길고 긴 목울대

뜨거운 불꽃으로 피나니

언제

다시 오시려는가

죽비 소리 커 가도

차마, 그대를 잊을 수 없나이다

—「꽃무릇」전문

간간이 꽃무릇을 소재로 한 시를 읽었지만 이 시처럼 열렬
하고 처절하게 노래한 시는 읽어 본 적이 없다. 이 시의 키워
드 두 개는 '오르가슴'과 '죽비 소리'다. 이루어질 수 없는 사랑
이기에 오르가슴은 꿈일 뿐이다. "길고 긴 목울대/ 뜨거운 불

꽃으로 피나니", "죽비 소리 커 가도/ 차마, 그대를 잊을 수 없나이다" 하고는 자신을 달랜다. "엉키는 너의 내음/ 온몸을 휘감아 가는 환장할 불면"(「밤꽃」)이라니, 안타까움에 땅을 치고 싶다. 어떻게 최대승은 짝사랑만 하다 죽을 텐가! "바라보는 것만으로도 심장이 저려 온다"(「패랭이꽃」)고 하지를 않나, "이 또한 너에게 주는/ 달콤함이 아니라/ 내 안에 녹아드는 꿀물임을 안다"(「바람처럼 너에게」)라고 하지를 않나. 사나이의 순정이 애처로울 뿐이다. 이루어질 수 없는 사랑에 괴로워하다가 시인은 불교적인 명상과 참선의 세계로 빠져들기도 한다.

홀로 산다는 것은 외로움이다
짝을 잃는다는 것은 고독이다

백양사 앞뜰은 고요하였고
스님의 독경은 냇물처럼 적셔 주었다

…(중략)…

살아온 것은 기억나지 않는다
살아 있는 지금이 좋고
가질 것도
굳이 가지려 할 것도 없다

산다는 것은 아무것도 아닌 것이다

—「고불매古佛梅」부분

　절간의 늙은 매화를 보고 인간 생로병사의 비의에 사로잡히기도 하는 것이다. 물욕이든 성욕이든 욕심을 내 본들 그 욕심이 채워질 리 없다. 창고에 재화를 쌓아 놓으면 그만큼 괴로움이 쌓이는 것이 세상의 이치다. 「해우소」 「세심동洗心洞 개심사에서」 「적묵寂黙의 땅」 「비천飛天」 「흔적 진 옛터를 찾아」 「지광국사현묘탑비智光國師玄妙塔碑」 「비암사碑巖寺」 「불이교不二橋 건너서」 「우화루雨花樓」 「망해사望海寺 낙조」 등 시인이 불교에 심취해 있음을 알게 하는 시편이 죽 전개되는데, 머리를 깎지 않은 재가불자의 시라기보다는 스스로 마음을 닦으려는 (洗心) 방편으로 불교에 의탁하지 않았나, 짐작이 간다. 대다수 종교의 가르침은 딱한 처지에 놓인 이웃을 돕고 스스로 죄를 짓지 말라는 것인데 이 나라의 소위 '종교인'들을 보면 외면하고 싶을 때가 많다. 세계의 화약고인 예루살렘이 예수가 사랑을 설파한 행적지인 것도 아이러니가 아닌가. 시인의 불교관을 알고자 한다면 한두 편만 읽어도 된다.

　밀어내는 고뇌가 문득 깨달음일 때
　근심 덩어리 산자락에 버린다

　허겁지겁 집어삼킨 것들
　하나가 되지 못하는

수북한 먼지와 잡념 덩어리
복부에 차고 또 찼다

버려야지,
아무렴 버려야지
꽃구름 주렁주렁 나뭇가지에 걸어 놓는다

가벼운 뜨락이 참 맑다

— 「해우소」 전문

　사찰 경내의 화장실을 해우소解憂所라고 일컫지만 우리는
각자 근심을 해소하려고 절에도 가고 교회나 성당에도 가는
것이다. 고뇌, 근심 덩어리, 복부에 잔뜩 들어차 있는 잡념
덩어리를 버리면 "가벼운 뜨락이 참 맑다"고 생각되는데, 어
리석은 우리는 그것을 잘 못하는 것이다. 시인이 인도하는 대
로 세심동 개심사에 가 보자.

세심동에서는
마음을 열려 할 필요도 없다

닫힌 가슴일랑 그냥 놔두고
걸으면 된다
걷기만 하면 된다
걷다 보면 마음이 열린다

시원하게 자유롭게 그냥 열린다

세심동에서는
하늘을 올려다보지 않아도 된다

잎새 없는 감나무
빛깔 고운 감들
쳐다보노라면
풍경 소리 잦아드는 하늘
그냥 보인다, 훤히 그냥 보인다

시나브로 마음이 열린다
그냥 열린다

—「세심동 개심사에서」 부분

어떻게 보면 참 쉬운 일이다. 마음을 내려놓는다는 것, 욕심을 버린다는 것. 부처님과 예수님과 알라신의 가르침이 크게 다른 게 아니었다. 보시를 실천하라, 원수를 사랑하라, 만민이 형제니 평등하게 의좋게 지내라는 것이 기본 교리다. 그런 가르침을 왜곡하고 더 많이 차지하려는 것이 인간이다. 흔히 '신의 가호를!' '신의 이름으로!' 하면서 온갖 죄를 다 저지른다. 적어도 부처는 스스로 신이라 칭한 적이 없었고, 나만 믿으면 모든 것이 해결된다고 강변하지도 않았다. 참선 수도를 행하여 각자가 부처가 되기를 바랐던 것인데, 시인도 "끝

모를 욕심/ 파르르 떨린다// 깊은 계곡 물줄기마다/ 녹아든 솔 향/ 비우지 못한 마음은 돌 틈을 맴돌았다"(「비천」)고 하면서 '마음 비우기'를 소망한다. 아래 구절을 보면 시인이 정신적 목표 지점을 알 수 있다. 성찰과 반성이다.

> 다시 건너는 불이교
> 살아가는 곳은 속세인 것을 어이하랴
>
> 영생의 길도 내 안에 있는 것을
> 나고 감이 누구의 탓이랴
> 불이교, 경계에서 나를 탓한다
>
> —「불이교 건너서」부분

그런데 이것이 정말 어렵다. 우리는 자신의 부족을 탓하지 않고 남을 탓한다. 부모를 탓하고 나라를 탓한다. 시대를 탓하고 상황을 탓한다. 그래서 불교는 수도 정진을 강조한다. 불도를 닦으려면 면벽참선을 해야 하고, 동안거·하안거를 해야 한다. 하지만 스님이 아닌 최대승은 "채우려 하지 마라/ 운주산 스치는 바람처럼/ 실오라기 하나 없이 걸어보라"(「비암사」)는 청유형 내지는 명령형 문장을 통해 애써 다짐하고 반성한다.

시집에는 몇 편의 역사의식의 산물이 있다. 백제의 멸망을 안타까워하는 마음속에는 성장기의 몇 년을 보낸 무주에 대한 사랑도 느껴진다.

> 한 사발 고란 약수
> 고란초 둥둥 띄워 보내나니
> 황포 돛배 미끄러지는 여름날의 회한
> 부딪히는 물결마다 헛한 백제百濟 뱃전에 부서지고
> 해동증자海東曾子 설운 노래 여울져 녹는다
>
> —「낙화암」부분

백제의 마지막 왕인 의자왕의 별칭이 해동증자였다. 나당
연합군의 공격으로 백제가 망한 것이 두고두고 안타까운 시
인은 「다시 강국이 되다」「백제금동대향로」「공산성 바람 소
리」 등에서 역사의식을 재무장한다. "올곧은 맥동 육백육십
년/ 사라질 수 없는 고동 소리/ 옥토가 토해 내는 사비泗沘의
북소리"(「백제금동대향로」), "무릇, 1,500년/ 공산성 성루에 올라
굽어보노라/ 봉황산 청기淸氣를 보노라/ 불끈불끈 심장박동
치솟는 웅진을 보노라"(「다시 강국이 되다」) 같은 시구를 보면 시
인의 역사의식이 백제의 정신을 계승하자는 것에 가닿아 있
음을 알 수 있다.

  그런데 이번 시집에서 거의 다루지 않은 세계는 지난 수십
년 동안의 자신의 삶이다.

> 선線을 긋는 일 벗 삼아 살아간다

둔중한 쇠붙이 쓰다듬고
성심껏 나사도 조이고
생명력 불어넣는 기쁨을 맛보면서
일하는 자부심 컸었지만
아무래도 기계를 만드는 일은 천직이 아닌가 보다

나사 몇 개 조였다고 손끝이 갈라져서야
아린 것은 둘째 치고 속이 아프다
외곬의 아집도 이제는 지겨워
속이 아프다

적당히 타협하고 눈가림도 해 가면서
눈멀게 우수리도 챙겨 두고
주머니 두둑이 불려 두고
살았더라면, 하는
뒤늦은 생각이 드는 것은 천직이 아닌 것이다

—「천직」 부분

　　최소한 40년은 선을 긋고 둔중한 쇠붙이를 쓰다듬고 성심껏 나사를 조이면서 살아왔다. 그 세월을 생각하면 분명히 천직인데 왜 자꾸 이것이 천직이 아니라고 생각되는 것일까. 사업가라면 "적당히 타협하고 눈가림도 해 가면서/ 눈멀게 우수리도 챙겨 두고/ 주머니 두둑이 불려 두고" 해야 하는데 그것이 영 안 되는 것이다.

철커덕철커덕

끝없는 반복의 역동 소리

쇠붙이들의 조합은 벅찬 감동이었지만

텅 빈 나뭇가지를 헛도는 바람처럼 휑 하고

눈망울 허공 멀리 휘돈다

정직한 것은 늘 외롭다 했던가,

어금니 꽉 깨물면

저리는 기억들

버리지 못하는 미련 한 움큼 허허롭다

그래도 이나마 살아온 것은

하늘이 주신 선물이 분명하다

선을 긋고 사는 일은 여전히 내 몫이다

—「천직」 부분

    정직했기에 외로웠던 세월이 길었다. "어금니 꽉 깨물면/ 저리는 기억들/ 버리지 못하는 미련 한 움큼 허허롭"기도 했지만 어쩌랴, 그것이 운명인 것을. 등단 이후 최대승 시인은 한국문인협회에 가입해 충남지회 시분과 이사, 구로지부 사무국장도 하는 등 문단 활동을 활발히 하게 되었다. 이제 비로소, 제2의 삶을 꾸려 가게 된 것이다. 2020년에 서울 생활을 완전히 청산하고 공주로 이사 간 시인은 더욱 열심히 시를 써 창작기금도 받고 열과 성을 다해 시를 쓰고 있다. 첫 시집이어서 그런지는 모르겠지만 많이 미숙한 것이 사실이다. 해설자는 시인이 지닌 약점을 지적하지 않았다. 시인으로서 인생 후반기를 살아가기로 했으므로 자신의 약점을 빠른 시일 내에 극복, 지양할 것을 믿는다. 최대승 시인의 문운이 장구하기를 빈다.